FERNANFLOR
romance

FERNANFLOR

romance

SIDNEY ROCHA

ILUMINURAS

Copyright © 2015
Sidney Rocha

Copyright © 2015 desta edição
Editora Iluminuras Ltda.

Foto da capa
Girl with a Leica, 1934. Alexander Rodchenko.
Coleção particular
© Rodchenko's Archive /
2011, ProLitteris, Zurich

Foto da orelha e da página 111
Augusto Pessoa

Revisão
Jane Pessoa

Projeto gráfico
Sidney Rocha

CIP-BRASIL. CATALOGAÇÃO-NA-FONTE
SINDICATO NACIONAL DE EDITORES DE LIVROS, RJ

R571f

Rocha, Sidney
  Fernanflor : romance / Sidney Rocha - 1. ed. - São Paulo : Iluminuras, 2015.
  112 p. ; 23 cm.
  ISBN 978-85-7321-484-0

  1. Romance brasileiro. I. Título.

15-25219
  CDD: 869.93
  CDU: 821.134.3(81)-3

2015
EDITORA ILUMINURAS LTDA.
Rua Inácio Pereira da Rocha, 389 - 05432-011 - São Paulo - SP - Brasil
Tel./Fax: 11 3031-6161
iluminuras@iluminuras.com.br
www.iluminuras.com.br

Para Mário Hélio, Marcelo Pérez e Samuel Leon

Sumário

Epílogo

A ilha, 15

Bressol, 25

Arroyo, 35

Lutécia, 43

H., 67

A ilha, 85

Prólogo

O salão, 97

Fernanflor,

POR GONÇALO M. TAVARES, 105

Sobre o autor, 111

Epílogo

És autocontagioso, não te esqueças.
Não deixes que prevaleça teu tu.
Henri Michaux

A ILHA

O CÉU DENTRO DE UM INFERNO. Inverossímil. Ali nasceu Jeroni Fernanflor. No dia de São Narciso de Jerusalém. Mundo onde as mentiras se soldavam às verdades. Ali cresceu Jeroni Fernanflor, na ilha das verdades excessivas.

Ele é o menino no alto da escadaria, invadido por silêncios e agarrado ao corrimão, olhando para Cristina de Fernanflor. Dali vê também o relógio de coluna alta bem à entrada do salão, trambolho das mansões endinheiradas no mundo todo, pronto a humilhar o visitante com seu pêndulo de marfim, os tique-taques em gotas rouquejando naquele poço, mesmo quando em algumas horas do dia o silêncio fosse a lei mais severa.

Cristina está indo se sentar junto à janela, *poseur* no teatro das tardes suarentas, senhora e refém da plateia de escravos. No caminho, deixa o frasco gotejar essência de lilases brancas sobre os móveis, até alcançar o grande tapete de peles ao canto da sala. Ela está eternamente vestida para grandes ocasiões nenhumas. A plateia vê Cristina pelas brechas das venezianas da sala, e ela enxerga as sombras das cabeçorras espichadas no chão. Eles a contemplam pelas portas entreabertas, no reflexo das vidraças, ou em olhares dissimulados enquanto enceram o chão e, para eles, tanto como para menino no corrimão da escada, ela se faz acreditar invisível, e se desnuda com delicadeza de sua outra pele de cetim, agora o outro braço, até a manobra queimar todo o ar dos pulmões e ela seguir o dia carregada por frissons.

Todos estavam encantados com ela a maioria do tempo, mas não significa que Cristina fosse mulher solar. Era o oposto. Uma mulher cinza, de olhar insondável, e o menino não se aproximava dela sem os pensamentos o levarem à figura de uma santa tuberculosa.

A mãe não tossia, não gemia, seus olhos não lacrimejavam, um ai sequer libertava. Às vezes parecia desmaiar o rosto no livro, e voltava minutos depois, sem ajuda dos sais. A sensação de observar Cristina de Fernanflor desvanecendo em perfume, sem demonstrar nenhum sinal de derrota, fazia o menino, quando rezava, pedir a

Deus para se vingar dele com a morte, nunca com as doenças sutis da alma.

Preferia os lugares onde pairasse o hálito da saúde e promovia distância segura dos doentes. Nada de visitar os enfermos, que isto é obrigação de padres. Era capaz de entender os mistérios das turbulências do ar e saber das chuvas muitos dias antes e quem, delas, fatalmente, adoeceria.

Afora a sanha dos hormônios, era um menino como os outros: sonhava com sóis e gatos, sonhos esquecidos quando os ossos crescem. Sóis rabiscados no teto de madeira do casarão, sóis mordendo as nuvens, nuvens barbas brancas de luar, também, gatos que nada eram senão círculos se equilibrando um sobre o outro e o rabicho se espichando, interrogação sem ponto. Sorria deles. Alguma criança os guardou lá nos seus sonhos. Ou sonhava gatos de outros meninos sem aptidão para o desenho.

Os garotos de verdade. Quer dizer: não eram crianças metidas em corpos adulterados por gigantes, ou em caixões onde a morte, ofensiva a todas as idades, não permitiu crescerem.

Paravam para beber água, rezar, pensar na vida, descansar à sombra das acácias-vermelhas, enquanto o caixãozinho quarava, zebrado pela luz do dia, reclinado na parede em frente ao casarão da rua do Florim, de onde o menino Jeroni podia sentir o ar estagnado pelas constelações, e podia ver o disco do sol girar, apontando raios muito severos nos costados da ilha. Ouvia as crianças resistirem, minguadas, enquanto a centopeia as carregava, e passavam em frente ao casarão do avô.

Outras vezes, o pai vagava desnorteado com o caixão do filho debaixo do braço, azul, rosa, anjo ou anja, o pacote ao deus dos cemitérios. Há tantos deuses ali, escondidos, à espreita, decididos pela piada terminal, a risada de orelha à orelha. Traições contra a ordem natural da vida, onde há pouca filosofia e muitas despesas a honrar.

Os olhos dos anjinhos viram pepitas subterrâneas. Há o caso do senhor Uchoa, paupérrimo lavrador: numa década, enterrou os doze filhos e, passados cinco anos do último, foi lá e desencavou as vinte e quatro pepitas de ouro. Então era comum ver os pais nos cemitérios buscando os olhos dos filhinhos no oco dos crânios. Nem todos conseguem. É como diziam os avaliadores da ilha: "Uns dão ouro melhor que outros", "as botijas são como as pessoas", por isso o preço às vezes frustra os caçadores.

Cristina de Fernanflor fecha as janelas até tudo se consumar, e se desfazerem a paisagem, os ruídos, o cheiro, a compaixão, o hálito da peste. Depois a paisagem raiada de sol entrava pelas folhas abertas do janelão.

Quando ia a Piños, acompanhando o avô, Jeroni protegia o nariz com os paninhos bordados, guardando-se do ar pestilento da costa e nunca se aproximava dos leprosários ou dos lazaretos. Nem a ferros conseguiriam colocá-lo, vivo, num velório, nem se fosse de Sua Majestade, pois as doenças transbordavam muito tempo ainda nos recipientes sem vida, não tentassem dizer o contrário.

O avô era uma pera inchada. Os ombros estreitos, a feição amarela e os braços fracassavam se tentassem abarcar a circunferência. Os seus adeuses pareciam sempre engraçados. Vivia os dias ensacado no terbrim, sob halos difusos. A pera se destacava no mundo crepuscular e violeta da varanda, contemplando, se não a natureza, outro dia morto.

Jeroni gostava dos olhos em chama dos empregados, da sagacidade, da mentira atrás da outra mentira, novas e seculares, a linguagem chula dos sapateiros, de flagrar as camponesas transando nos matagais, os saiotes levantados cobrindo o rosto, os rapazes em grupo apeando jumentas e cobrando duas moedas dos novatos para se meterem nelas, o suor e a risadagem das ruas.

Nesses jogos de amor e morbidez, invejava de Cristina de Fernanflor a capacidade de não se perturbar. A mãe gozava a paz majestosa de seu reino particular, estagnado, na sua ilha personalíssima. Era um universo assustador, e de grande fascínio, a quimera, convertida num grande enigma que ele carregaria por onde fosse.

Cristina de Fernanflor pode vê-lo dali, também. Para ela, era filho do sonho de uma nuvem.

Ao se romper o cordão, Cristina virou o rosto à tempestade e se calou. As mãos eram pequenas e ágeis. Demonstravam certo entusiasmo ou agitação, pequenos estímulos elétricos, comum às plantas sujeitas ao vento, em espasmos de fuga e de luta no único gesto. Ele sentia os humores de lesma e de abelha trabalharem nela, os jogos do frio e do quente.

AO MENINO NÃO FALTOU NADA. Teve boa educação em casa, os mais bem pagos preceptores na fazenda da família. Não aproveitava muito dos modelos tradicionais de ensino, estava sempre aterrorizado pela disciplina ou por fantasmas.

Deus ama a geometria, dizem, e prefere as parábolas, os arcos, as ogivas, as volutas, as espirais delicadas e, sobretudo, os círculos. As retas são burras. Ele sabe o quanto a retidão faria de Jeroni Fernanflor burocrata igual a qualquer outro.

Escrever a legislação de um país ou ter seu perfil cunhado na face de uma moeda são os únicos feitos memoráveis a um grande legislador. Arrancar o coração de um homem e colocá-lo funcionando no peito de outro é feito espantoso até entre médicos. Jeroni Fernanflor seria capaz de qualquer dessas façanhas, e até maiores, tanta era a obstinação e apetite empregados em tudo, ele logo saltou desse vagão, ao outro, mais rápido. E, sem saber, mais perigoso.

Noutro caso, se tornaria figura trágica e recalcada, teria velhice autocomiserativa, o mundo está cheio de tipos assim, casados com senhoras ricas, alguns apaixonados de verdade, e cuja vida consiste em murchar os pulmões e abaixar a cabeça.

O nosso Jeroni Fernanflor tinha dignidade interior. Era dos que nunca se confundem nem se deixam confundir. Mas fora picado pelo escorpião mais silencioso da vaidade.

Gasta os domingos colhendo escorpiões e vendo-os lutar. Lembram lavradores se ferindo com ancinhos, garfos de feno e fúria. Invencíveis este e aquele, mas em certo ponto o outro recua o passo na areia. A cauda hasteada tem uma bolha no final, onde brilha a unha e desabrocha o veneno. O vermelho tenta se esconder na loca das pedras, foge para escapar do brilho do sol bebendo a escuridão, mas o marrom o impede, o puxa, o castiga. Entre ratos, são letais. Entre escorpiões, escorpiões parecem soldados facilmente humilháveis.

Nessa hora de cansaço e humilhação Jeroni se agacha, faz a captura com a pinça e os guarda no pequeno estojo ovalado de metal. Coloca a urnazinha ao ouvido e passa o dia ouvindo suas lamúrias, a carenagem se debatendo contra o metal do estojo, dois dias, três, depois o silêncio. São prisioneiros de sua própria guerra. Quando a tampa se abre, são uvinhas enrugadas. O hálito amargo escapa lá de dentro e é preciso proteger os olhos dos gases. É o momento em que a vida se evapora de dentro da caixa.

ERA UM TEMPO ESFUMADO. Porém, os tons o agradavam tanto, a ponto de não descartarmos a ideia de Jeroni ter se deixado arrastar por essa visão, ao modo de uma criança fazendo a vela enfumaçar o vidro da lamparina para observar melhor os eclipses do sol.

Quando chegou ao continente, o barão descobriu que as desavenças da família eram bem maiores que a família. Os Fernanflor tinham fazendas de algodão de trinta mil hectares, de boa colheita, e dívidas gigantescas. O barão Fernanflor usou seu patrimônio nisto: pagou boa quantia em propinas, subornou fiscais, e prometeu prosperidade aos mais novos da rama. No inverno, maquiou os campos de uvas, trigo e azeitonas, também os extensos cemitérios brancos das áreas improdutivas, e assim pareciam valer mais, e as deu ao banco por garantia de empréstimos. Retirou dos escritórios, com a gentileza das balas, irmãos e parentes menos crédulos no seu talento de administrador, e garantiu paz aos Fernanflor, enquanto promissórias não paravam de cair no seu colo.

No verão, o avô anunciou ao neto:

"Vai estudar em Bressol."

Estas foram as palavras. As seguintes só ocorreram seis meses depois.

"Bressol vai lhe fazer bem. Estude. Se não leva jeito com o chicote, servirá como advogado. Vamos precisar."

Antes, em março daquele ano, no Dia de São José, o velho decidira o destino da querida Cristina. Tratou de encostá-la em um solar de neurastênicos, onde havia nessa época toda rafameia de médicos interessados na aparência corporal, nas medidas de crânios, de mãos, na compleição dos rostos, com intuito de garantir comportamentos úteis à ordem pública ou melhorar a produtividade no campo e na indústria.

O rapaz passava boa parte dos dias envolvido em pensamentos sombrios e ambiciosos, com sentimentos ocos e vulgares.

BRESSOL

IGUAL AO BARÃO, ELE VIA em Bressol a solução dos seus problemas. Disseram-lhe para tomar cuidado com a cidade. "É uma bruxa pretensiosa. Tem o pior da Lutécia, sem nada do melhor. Se há algo de bom, está reservado não aos ricos, e sim aos muito ricos."

Jeroni olhava os edifícios modernos e ouvia roncarem elevadores lá dentro. Todas as mentiras ouvidas na infância pareciam criar carne, cheiro e vida nas ruas do lugar. As novidades precisavam ser devoradas de imediato, ao ritmo dos automóveis pela gasolina, dos trens pelos dormentes, das moçoilas pelas modas, como se a vida tivesse fome de novas ideias, novas mortes e novos escândalos.

Acostumara-se a boiar nos cafés. Sentado no Ritz desde nove da manhã, ele era a própria oceanografia do tédio, com a mão no bloco de desenhos.

Rabiscava perspectivas, fachadas, quadrados com as pontas arredondadas imitando as quadras planejadas da cidade. Admirava-se com tanta gente sorrindo, se cumprimentando ou exercitando esnobismos.

Imaginava gavetas onde ia guardando todas as proporções, olhos, narizes, queixos, milhares de bocas, pretendia depois desenhá-los à luz de vela, nas noites mais longas.

"Vencer em Bressol." Repetia a frase no banho, escrevia com o dedo no espelho embaçado enquanto se barbeava, cantava o mantra caminhando pelas ruas, multiplicado nas vitrines, se protegendo dos espirros da multidão.

A cidade tinha todos os traços da criatura da qual ele se sentia íntimo.

Jeroni esquadrinhava tudo com o olhar. Uma velha entrou no café. Puxava a coleira de um basset. O cão-guia embruteceu, as mil rugas deformaram a carinha amigável, ele rosnou sua reprovação e mostrou a dentadura feroz, onde luziam quatro incisivos de ouro. A mulher recuou e saiu pela outra porta, puxando seu cãozinho.

Passou a frequentar mais bares e cafés, ir ao Liceu no inverno ou ver os passeios de carro ao entardecer. Não se deixava vencer pelo enfado. Aceitaria até convites aos funerais (o corpo se adapta às intenções). Iria a igrejas. Prestava atenção nos nomes dos figurões nos jornais. Bastava a ele um nome da aristocracia, do comércio, da Bolsa, da indústria têxtil, para distribuir sorrisos e conquistar, conquistar, sem discriminações.

"Ninguém conquista nada morando num labirinto de leitos de rios secos, à rua Normandia, n° 36", pensou, nos primeiros dias. O pequeno pensionato cuja dona tem marido alcoólatra — imprestável de cama e mesa.

Confortar viúva de marido vivo garantiu a ele boa mesa posta e sopa quente antes de dormir. Bastava estar com uma mulher nua que a vida era vista sob outra perspectiva. A pensão de dona Bernadete era o melhor endereço do lado oeste de Bressol. Ali, as ruas estão vazias à noite, a paisagem se dissolve na escuridão azulada, e as casas guardam mais segredos de carne que os bordéis do lado leste, com sua boemia de noites com navalhas.

A janela tem persianas cobertas por musgos amarelados. O cubículo, pequeno, com espaço de cadeira, escrivaninha, alguns livros e armário de uma porta. A parede lateral tomada toda pela cama. E só.

Aos domingos, se faz calor, ele vê pela janela pessoas deitadas na grama do parque. As famílias com gestos de ouro, casais enfeitiçados, como se toda a cena pequeno-burguesa dependesse deles.

Ele os rabisca no papel, do esboço ele parte para anotações de sombra e luz e cores, com a mesma força com a qual dividia a rotina no casarão da ilha, pintando as negras a giz, os faisões, os pratos espetaculares de comida e a cabeça de algum filósofo dividindo a escadaria. Quando desenhava Cristina, o lápis feria com força a folha ao abrir sua silhueta nos vestidos de balão, ou a tinta deslizava até montar sombria aquarela. A imagem piscava como na tela de cinema, se transformava em borras cor de pele, tremia, mesmo que ele misturasse o azul com o âmbar.

Jeroni detestava o mundo das pessoas deitadas na grama, quarando ao sol, domingueiras, à vontade, aproveitando-se do parque como fosse suas salas de estar ou seus quartos. As pessoas no parque são nada. Formigas no grande piquenique do mundo. Migalheiras. Podem se contentar com isso? Lembrava-se do avô, o barão: "Se o homem é largo e a porta estreita, ou se arromba a porta ou se arromba o homem".

Há muito barulho na cafeteria. Ele está distante e só. Esboçando. Entende a tristeza como expressão da beleza bruta, à qual só se sente pronto se desenha ou pinta. Sem isso, o ruído dos automóveis lá fora o incomoda. O cheiro do café o irrita. A raiva é o sibilar dos estados de espírito inferiores. Seus ouvidos sentem falta do chocalhar da vida de verdade, dos reboliços, da empolgação e dos excessos. O que fazia a alma estremecer de prazer e dor como a corda de um instrumento pulsada por dois músicos ao mesmo tempo. E onde encontrar tudo isso, se esse é o mundo de verdade, agora?

Senhoras em milords com seus cavalos cumprimentadores têm os olhos de bom-dia, boa-tarde. Duas moças e o oficial passeando a trote: elogios em francês. A criada e o suboficial: olhares melosos, derretidos de gentilezas secretas.

Jeroni se adaptaria a todas as mesuras e delicadezas, numa sociedade civilizada além do necessário e onde os tolos se comportavam sem modéstia.

Bressol anda devagar para outro tempo. Quando a noite vem, Jeroni se esconde. Cada dia sem alcançar o topo da montanha é de martírio e fracasso, e se incomoda ao se sentir manchado pela inveja ou pela raiva, igual aos homens comuns, nos domingos do parque. Sozinho, ouve assobios e gorgolejos, e logo os pássaros se calam.

★★★

Nem a alma mais disciplinada extrairia daquele tempo tanto quanto ele, vivendo naquele quarto, de cumeeira empoeirada, sob o teto de onde chovia fuligem e as janelas insistiam em se debater contra o vento da madrugada. O vão era abarrotado de trastes, chassis, moldes de esculturas abandonadas, esboços largados, bastidores prendendo panos imprestáveis para a pintura. Cadeiras vestidas com telas sem valor.

Foi ali, onde se conduziu Jeroni, por vinte e cinco dias à risca, refém do sono, da fome e da sede, inflado pela imaginação. Naqueles dias, ele esteve entorpecido pela alegria de pintar. Ali ele descobriu que a pintura poderia roubar algo das mentes e carregar a todos como fossem armas e as emoções, cartuchos.

Quando a vida de verdade voltaria à tona e o acordaria do sonho? Talvez ele precisasse viver dentro da maior das mentiras que consistia em ser quem era, agora.

★★★

Tinha a vida cada vez mais intensa e mais e mais fome de trabalho. Ia e vinha metido na multidão, sossegado, vagava entre criaturas inacessíveis, andando, desorientado, meio desgovernado entre o quanto podia ter e o quanto pode desejar, suspenso em pensamentos.

Andava na moda, consultava os catálogos das lojas e encomendava roupas da Lutécia e se portava como cavalheiro.

Descobrira a corrida de cavalos e passava muitas tardes entre dois ou três amigos diletantes, vestidos de linho branco, gorro com detalhes dourados, ao modo dos capitães de barcos de veraneio, *sportmen* sorridentes. Eram republicanos de primeira hora e monarquistas apaixonados: "O cavalo de corrida não é instituição republicana; o cavalo de trote é que o é", dizia o senhor Holmes.

"Não me envolvo com política, senhores. Ela é uma grande cabeça pensando por todas, não pode haver algo tão infantil. Desacreditei dessas coisas como amor e política, aos oito anos de idade."

As melindrosas se engraçavam dele.

"As mulheres saudáveis têm o gene da alegria."

Olhava aqueles rostos maquiados e alegres e desejava pintar todos deles. Pintaria seus aromas. distinguiria seus sabores com tintas. As bocas imitavam corações e os cílios eram desenhados a lápis com exagero. Elas tinham corpos tubulares, pernas longas e braços esguios terminando em correntezinhas de ouro e pulseiras imitando cobras. Os homens imaginavam o quanto suas mãos seriam capazes se não estivessem segurando o cigarro ou a piteira, mas seus charutos. Eram tempos de ele retirar lições de tudo: do branco de cerusa, do chumbo, dos tons de verde-escuro das murtas naqueles olhos breados e encardidos da maquilagem.

Era um mundo conduzido a parecer pintura, o chapeuzinho cloche escondendo os olhos, o cabelinho curto deixava a vida simples mais simples e as moças menos moças mais moças — e também rapazes. Não estranhava essas coisas, não era juiz de nada.

Os namoros não o cativavam a ponto de comprometer as noites na Bressol proibida, onde as mulheres eram geneticamente felizes.

Morava no pequeno apartamento da rua Bonnat, com cada vez mais livros, e menos tempo de leitura.

Respirava com facilidade. Sentia-se bem. Os anos não podiam feri-lo.

★★★

Em cada uma das trezentas e sessenta e seis noites do terceiro ano experimentou uma cor para cada amante. As garotas giravam nos *doubles-zeros* das roletas, ouvindo enebriadas aquela canção do dinheiro por toda parte, sua voz dourada repetindo: "Você merece, vamos lá, tente", e mais ainda quando a fortuna roda e roda de mão em mão:

"Esta é sua noite, seu dia, sua vida", viver é risco e vertigem, mesmo quando joga a razão.

Mulheres e roletas são a fonte da alegria.

DESSA FORMA, CONTABILIZADAS APENAS situações importantes: trinta e oito almoços de embaixada, cento e dezesseis jantares de confraternização, quarenta e seis bailes, duzentos e vinte chás, trinta e nove banquetes, sessenta e quatro casamentos, dezessete missas de corpo presente, cento e vinte e cinco noitadas de pôquer e quarenta e oito apostas no Jockey Club, duzentos e sessenta velórios, o escândalo da marquesa, seis ameaças de morte de maridos sem nenhum gosto pelo exotismo artístico, outro escândalo policial, bom punhado de inimigos, e um cadáver esquisito, assim se pode resumir vida e obra de Jeroni Fernanflor em Bressol.

ARROYO

VINTE E NOVE DE OUTUBRO. Fernanflor desce na quarta plataforma de Arroyo. É uma quarta-feira.

Não se esquecerá da data, da chuva, nem do cheiro das ruas. Parecia ter chovido diesel. A água descia às galerias desenhando fantasmagorias nas rajadas oleosas azuis e amarelas das graxas antes de sumir em espiral pelas sarjetas. A chuva desenhava halos centímetros acima do chão de cimento e dos prédios, fazendo o calor evaporar das fachadas.

Meio-dia e dez minutos. O trem não chegou atrasado. Agora entende — teve de se demorar alguns minutos estacionado, antes de entrar na cidade, e o fiscal anotar a hora correta na papeleta. "Um mundo confiável", escreveu no bloco.

★★★

Aqueles meses foram luminares. Toda a escuridão do primeiro dia se dissipara. Estava bem instalado no ateliê, bem no centro de Quatro Caminhos. Jeroni escreveu sobre suas obsessões: *Um rosto é um precipício. Animal vivo. Rostos são aberrações. De onde vêm, assim, tantos, se desenrolando em convulsões de pele, em ossaturas, covas, mentos e faces? A única linguagem do rosto é menos do que o silêncio? Ou, quando nada da geometria obedeça, quando nenhum limite ou geografia admita, o rosto da* miss *ou do monstrengo tem a mesmíssima ênfase aterradora? Pintá-los é inventar a verdade de cada um deles, só assim cada qual se tornará o que é.*

As mulheres sentiam nele algum tipo de magnetismo. Quando menos esperavam, estavam dançando sozinhas, ou se viam abduzidas do alto da montanha-russa, a sensação de terem agarrado uma nuvem. Isso as afetava na vaidade e, em vão, tentavam contê-lo, domá-lo, sujeitá-lo.

Ele vivia de cultivar a beleza e o desejo, e não queria outra ocupação senão pensar e sentir. Dizia que o amor é orgia de plebeus.

"Além disso, é bom evitar aquilo que não dependa exclusivamente de nós. O amor é uma dessas coisas."

Nos palacetes de Arroyo, nas noites silentes das mansões, ou mesmo nos dias ruidosos, se podiam ouvir os retratos de ricaças tremerem os corações. Nisso usara bem o tempo.

Assim, quando as notas nos jornais anunciavam,

> O SENHOR FULANO
> ROGA-LHE AS HONRAS DE VIR A SUA CASA,
> NESTE 18 DE MAIO, DAS 20 ÀS 23 HORAS,
> PARA VER O RETRATO DA SENHORA FULANO,
> PINTADO PELO GRANDE JERONI FERNANFLOR,
> EM COMEMORAÇÃO ÀS BODAS DO CASAL.

já se podia imaginar as sensações que tempo e dinheiro iriam proporcionar.

"Tempo e dinheiro devem produzir beleza e ócio", ele diz.

— Era rico?

— Não, dinheiro é algo vulgar. É burrice aspirar por ele. Artistas se contentam com crédito. Ilimitado.

— Ah, sonhe, sonhe mais.

Todos estavam seduzidos por sua inteligência. Entregava a eles a experiência das coisas fervilhantes, onde o olho vê o presente enquanto tudo já está no passado ou na eternidade. Se não alcançava grandes distâncias com o pensamento sobre a vida vulgar, do dia a dia, dos negócios, conseguia injetar nas suas almas a sensação de fortaleza, muito cobiçada. Era querido por seus conselhos. "Só conhece o amor quem conhece bem o ócio."

Durante certas épocas, preferia andar sozinho com as dores que moram no silêncio. Perder-se nas noites, nas verbenas, tomado pela música e pelos giros das danças.

Desaparecia por semanas dos saraus. Caminhava pela cidade, ia até o limite da praia, acordava nos cabarés vazios. Era como se o filme da sua vida se rompesse ou o passado e o presente entrassem em chamas.

Passava dias inerte no museu, diante de retábulos, de telas, copiando os mestres, distinguindo cada estilo. Melhorar as cópias mentalmente na cisma de vencer a própria imaginação e construir uma obra original, sua marca vitoriosa no topo da montanha, de onde as perspectivas não são uma ilusão.

Tudo se transformava em pintura; mas esses momentos eram cada vez mais intranquilos.

Nunca haveria lugares aonde retornar?

— Nem tudo que está esquecido está morto e enterrado.

— Nada pior do que o esquecimento. E nada melhor do que o esquecimento.

— Esqueça: nada é tão importante que não seja esquecido qualquer dia.

Talento demais gerou autossuficiência e empáfia. Retiraram-no das aulas em seis meses.

Não precisava deles.

Mudou-se de Quatro Caminhos, e o novo ateliê era na rua das Rodilhas.

Ele sequer admitia ajudantes nem enchedores. Tratava cada obra ele mesmo. Não fazia uso de manequins para diminuir as horas de pose do modelo: ele estava inteiro ali e cuidava de tudo.

Não importava o que fizesse: a fama só aumentava, as expectativas cresciam em torno do nome, quando a arrogância punha tudo a perder, como na vez em que o marido de certa duquesa da Castela veio reclamar o nada exibível retrato da esposa:

"Se me trazem melancias, não entrego uvas."

Borghese de Gaba tinha dois sexos entre as pernas. Resolveu pintá-la nos *tontillos,* mesmo bem fora de moda. Não se interessou pelas fofocas:

pintou. O quadro deu origem aos manequins modernos, como os conhecemos hoje, cobertos de joias.

Sem contar outros pequenos escândalos, quando fez o retrato triplo do vendedor de peles mais famoso da Europa e de face mais afeminada.

Outro e mais outro: "Onde vocês veem escândalos, eu vejo trabalho". "A duquesa queria ser pintada em muitas poses: só concordei". "O velho se matou por qualquer outra razão, não era para tanto". "Todas em Arroyo posam". "Muitas vezes."

A filha do amigo, de catorze anos, não queria somente posar. Não seria ele a dizer não ao sim.

Miranda era atriz sem filme, sem ópera, sem voz, sem teatro. Jeroni a pintou com dois metros de altura e os agentes desistiam ao vê-la nos cafés, cinquenta centímetros a menos. Não fosse a bomba, a xenofobia, só lhe restariam os barbitúricos. Não, nem os saltos.

Foi a condessa-atriz ou a comerciante de Viena? A cabeça era imenso girassol cuja haste desistira. Jeroni colheu as lágrimas, adicionou violetas de cobalto para o cangiante e, embora as sombras saltassem roxas, a atriz (ou terá sido a comerciante?), sorria para as luzes lá fora.

Nada afetava o desejo de as pessoas o quererem à mesa e à cama. O dinheiro ia e vinha. Até aquelas pequenas *gouaches*, exercícios febris e sem valor, foram vendidas facilmente por centenas de milhares e os marchands as queriam às dúzias.

— A fama faz o homem acordar todo dia um outro homem.

— Nada. Será sempre o mesmo homem.

— Não, não. É tipo superior: desafia o tempo. Não envelhece.

PROMESSAS. NEM MAIS SEISCENTAS HORAS diante da vida bruxuleante tocada pelos pincéis de Ticiano, outros cento e doze esboços a carvão sob apelos silenciosos de Stanzioni, nem as seis cópias perfeitas de Veronese conseguiram desafiá-lo o suficiente. E mais: nem as noites com fome estudando sozinho as luzes no quadro de Piazza e outras com sono anotando quarenta erros de Leclerc e nem afinal ter-se rendido ao que escondem os voiles em Regnault e de Moreau, nada o faziam metade do artista que gritava dentro dele. Faltava algo, nunca importante ao artista medíocre, mas imprescindível a um do seu porte: a obra: a travessia.

LUTÉCIA

Verde

O que se esconde num rosto? E num semblante? E num retrato? E nos palimpsestos da alma-a-torre-o-arco-a-cidade-Lutécia? Ela tem faces jovens e impetuosas de quem é bela e comanda tudo. Faces e crânio cujas rainhas e reis sonharam: divino e ocioso.

As sobrancelhas são extensas, puras, e traçam arcos sobre arcas onde aqui se desdobra a fúria e, ali, a delicadeza. Jeroni cuidou com zelo desse arco e continuou com a espátula acima das pálpebras quentes, nas quais a maquiagem é bem superior à natureza. O rosto formidável, com mil cílios de mil cores contra mil sóis. O sol? Se ela sonha, se a nesga de sol em vez de beijar sua pele a queima, extirpe-se o sol. Se ela diz: "Ignorem o sol", todos acenderão velas ao meio-dia.

O olho negro conduz uma tocha acariciante que acende tudo ao redor. A outra tocha, azul, contesta a luz e diz por onde vale a pena não ir.

Aceitaria ainda olhos: 1. Alegres. 2. Alegres e irônicos. 3. Fulminantes, mas não ao jeito dos bárbaros. 4. Bárbaros. 5. Algo sensíveis, se olham para baixo. 6. Para cima: desinteressados, fastidiosos. 7. Olhos de olas da Vênus de Velásquez roubada do espelho. 8. Singelos (podem ser pintados igualmente nos olhos de pároco, mordomo, médico, comerciante, ecônomo do rei, que os fará se sentir bem-apessoados em qualquer ocasião). 9. Magistrais, desses sem promessas, desinteressantes.

A boca não se pode pintá-la sem pensar nas ameixas ou em muitas partes do corpo de uma mulher; superficial, se escancarada; dominante, se entreaberta; tola, caso os cantos não atendam aos sorrisos involuntários do dia a dia; lasciva, quando os incisivos insistem em fazer parte do contorno; a boca cheia de: "eu quero".

O nariz tem planos definidos onde o triunfo mora na ponta delicada, rosada, cálida. É arquitetura em andamento enquanto o sol avança dentro do dia. 1. Sensato e delicado. 2. Sensato e tosco. 3. Sensivelmente débil. 4. A curvatura algo mais inteligente que as estações do ano. 5. Desinteressado e superior, se as narinas fechadas. 6. Abertas, pusilânime. 7. Superior e ausente. 8. Algo desnaturado embaixo, sem as nuances de alguém tolo. 9. Tolo.

Não é à toa tanta perfumaria. O perfume é o remédio à natureza doente.

Se seu nariz fosse curto, o mundo inteiro cortaria o excesso dos seus.

Excele em tudo: bordéis, corte, poder e perdição.

Ondas e ondas de mares nos cabelos de espumas douradas negras ruivas caracóis sem fim, precedem a pincelada final e fazem todas as estrelas se acenderem e o céu virar o século virar a roda girar o fogo a cinza vencida a-alma-a-torre-o-arco-a-cidade.

Amarelo

Enquanto a pintava, Jeroni se perguntava: "No que está pensando, agora?". Ou, enquanto os pelos do pincel deslizam sobre a boca: "Pensa em algo quando tem o rosto contra o espaldar da cama, as mãos agarradas aos lençóis, o rabo redondo arrebitado, quando a levo ao outro mundo, enquanto o marido espera lá embaixo?".

Nunca se deixa levar pela sanha que o outro é capaz de produzir em si, mas há perguntas que o retratista não pode deixar de se fazer, se quer entender o ofício.

"O outro é sempre o mesmo, o outro é sempre o mesmo, o outro é sempre", era preciso repetir isso muitas vezes durante todas as horas de trabalho.

TRINTA ANOS SE PASSARAM e continua vendo a mesma composição em carne e osso, quando a vê se multiplicando por todas as direções. Lutécia sob o vermelho e o negro, as profundezas das cores, sobretudo na artificialidade dos tons dos rouges cosméticos. Eles dão ao rosto o poder dessa vida de excessos, que se estende, sobrenatural, infinita. Lembra de quando chegara, das ruas cheirando a pólvora dos fogos, da Noite de São Simão, do dia voltando à ordem na desenvoltura de um cão se espreguiçando no meio da rua.

E, do nada, vem, de novo, ela, a mesma naja magnética frequentadora de cafés. Lutécia: pode vê-la, agora, três décadas depois.

Três décadas depois.

Nada mudou.

A vida passou tão rapidamente assim, Jeroni?, se pergunta enquanto caminha por suas ruas, parando outra vez diante das vitrines. Seria sempre o rapazote de Bressol, obcecado por vencer?, flanando nas lojas de departamento, descobrindo espelhos invisíveis nos niquelados, no esmalte acrílico dos carros, onde se pode ver a indiferença refletir, nas batedeiras elétricas, nas continhas de ouro das pulseiras, no brinco de pérola da menina, no inox da máquina de café, nos sapatos magníficos do homem voando a um dos quartos onde acredita esperarem as pernas da felicidade abertas?

A cidade é um gesto, e lá de dentro do céu ou inferno ele se pergunta outra vez por Jeroni Fernanflor, onde estará o menino fugindo entre moitas, a imagem da ilha se elevando sobre a cidade de ouro?

As vitrines não vão vencer um coração igual ao dele. Pode a noite cair, a noite com sua enervante juventude, suas numerosas angulações de vultos. Onde estiver, ele só pensará em mistérios e benefícios.

Entra no *magasin*. São três pisos que nada têm com as catedrais góticas, mas há grande fé nos cristais ali. Ele se deixa tempo demais contemplando as mercadorias. As moças estão demonstrando fórmulas de se obter a silhueta perfeita, ou o segredo de se aparentar mais magra com o uso de cintas, ou truques de enganar o espelho, ou apresentando as mãos artificiais, com ventosas, maravilhas elétricas, excelentes para a rainha do lar massagear o marido quando ele chegar cansado.

As ruas são pessoas esticadas. As casas não são casas, são rostos, as barbearias são cabeças de homens, as perfumarias são cabeças com muitos penteados de mulher.

A rua é o verdadeiro templo.

Sai. É a mesma Lutécia, mas algo secou.

A maior fortuna da Lutécia viu se perder no jogo de cartas em casa da viúva x. Os ases não saíram, valetes viraram quatros e cinco vulgares, e o senhor deu-se por vencido, levantou-se, entrou no carro e enfartou ao volante, ao réquiem choroso da buzina.

A leste, viu o slogan da funerária: "Morra, nós cuidamos do resto".

"Isso não quebrará meu espírito", disse. E andou mais.

As pessoas se vestem com esmero, as moças para o *footing* ou se aprontando para os bailes públicos — os vesperais são a verdadeira histeria. Ele as atravessa. Jeroni se posiciona na bissetriz do ângulo da esquina e dali pode ver todas as direções que a matemática aleatória da cidade escolhe a todo minuto. A ideia de um caleidoscópio é ideia gasta e falsa. Ele pensa nas vinte faces de um icosaedro de espelhos se chocando a outros poliedros. O mundo em si já é imagem falsa e gasta.

Ele traça uma parábola e caminha até o outro lado da calçada. Pode se ver caminhando e ainda na outra margem, estalactite.

Onde a gente está quando seu pensamento vai numa encruzilhada?

Ver e observar faz parte do ofício, mas se incomoda quando o caçam na multidão. O que pensam quando o veem? Vivem no oco de cecropias sob o transe da preguiça. As feições só podem ser notadas através das vitrines ou da rutilância dos vidros dos relógios; enquanto se completam braços de uns em troncos de outros, caminham as calçadas, cintilados pelos prismas de um falso sol, o da liberdade, assustados pelos micróbios das guerras e da feiura, mas é deles o mundo verde do absinto, do azul de cobalto, enfim, as formigas e o açucareiro e o sol sem calor.

Em todo instante há alguém olhando alguém, o mundo é um corpo com bilhões de olhos espreitando, enquanto ele pretende somente deter os olhos nos pés vermelhos dos pombos.

Há passos atrás de nós ou persianas se entrefechando quando nos viramos. O olhar eterno. Serão dois segmentos de reta até o café e outra elipse até o centro da quadra, onde a mulher olha a vitrine e agora anda e se volta e o vê à distância. Ele tem vergonha desse olhar, porque não pode controlá-lo. Jeroni desiste de ideias confortáveis quando pensa nessa multidão, nas lutécias no mundo inteiro, de uns se olhando mútua e secretamente. Nesses eus se mirando em retratos que se replicam noutros retratos, nas perspectivas, nas pernas de um compasso louco, nas esquinas.

— Está enganado. Pertence completamente a esse mundo perdido.

— É possível. Vai ver é como dizem: o céu dentro de um inferno.

Lembrou-se dos homens e mulheres quarando ao sol morno dos parques de Arroyo, sem objetivo e sem fé. São vultos borbulhantes e o comovem justo por não serem nada senão passado. Está outra vez parado no topo de si mesmo. Chove, como agora há pouco. A mulher desceu do ônibus, atravessou a rua e ficou ali, no meio da avenida, a vida congelada. Dois homens vieram até ela, a conduziram pelo braço.

"A senhora está bem?"

"Sim, estou."

"A senhora tem certeza?"

Ela os olhou com olhos espessos e apontou para o ônibus.

"Acho que vi meu filho naquele ônibus. Por que ele simplesmente não volta para casa?"

Lutécia era habitada por destinos perdidos, mães com filhos mortos na guerra, veteranos tomando café e as sopas da caridade nas esquinas, famílias que viram o pai voltar vivo da Primeira Guerra, e ser chamado junto com o filho para a Segunda, e não voltarem desta para pior nem melhor. Estavam todos ainda em transe. Havia solidariedade maior que a desconfiança, naquele tempo, e hoje não mais.

Jeroni se aproximou. Podia levá-la à casa.

A mulher queria ficar ali.

"Chove mas fará sol daqui a pouco", disse o luteciano cosmopolita, enquanto esperavam o sinal, esse tipo de assunto que surge nas esquinas, pois as pessoas não se contentam caladas a meio metro de outra, bombardeadas sem tréguas pelo presente.

"O tempo está cada dia mais louco", falou outro, e seguiu, escondido sob a folha do jornal.

Todos estamos mais loucos.

Quando contemplava os homens e mulheres comuns da Lutécia, pensava naqueles rostos anônimos entregues à luz, e num instante já eram o passado, tudo já ocorrera com eles.

"Há essa indelicadeza na natureza: tudo pode ocorrer a qualquer pessoa, nada se pode fazer quanto a isso, estamos desprotegidos demais em fazer planos. Amar é um plano que se faz".

O céu desaparecera, mas restava luz ainda ao longo da avenida e Jeroni resolveu seguir mais. Seu direito de seguir em frente. Com quem poderia dividir isso? "Estamos no meio de um mundo de maníacos gritando por liberdade o tempo todo", pensava, buscando no passado os centavos do pão em Arroyo, a mão delicada da moça que poderia ligá-lo à multidão, a dança contra a violência da fome, os cavalos relinchando delicadezas atrelados aos cupês.

— A violência é gesto político razoável para quem não tem liberdade.

— Ou para quem não quer perdê-la.

— E existe afinal a liberdade?

— O mundo é esse caos disfarçado.

Jeroni não conseguiria viver de outra forma, sem o zumbido das vespas, o alarido rubro da voz humana.

Lutécia acendia as primeiras luzes e ele ergueu a gola do casaco. Iria ventar muito mais, deu no jornal. A noite viria longa e logo.

Vermelho

A *grisette* o cumprimentou.

"Judite. Prazer."

Não queria ouvi-la pronunciar outros nomes. "Judite" e "prazer", bastavam.

Quando pintou Valentino pensava num mar de putas, damas, esposas, uma em cada casa do tabuleiro, éguas, freiras, rainhas, ele pensava, será docilmente possuído e esmagado por elas.

Avançava pelo corredor à frente de Judite. Recebeu a chave na portaria, ao pé da escada. A gerente era uma velha com papadas do bócio e manchas de varíola, que mal conseguia se distinguir atrás do balcão, enfiada na espreguiçadeira de couro.

Jeroni pagou com dez cédulas. Judite o olhava sentada no degrau, o rosto colado ao corrimão. Dali ele podia ver detalhes das rendas da calcinha e as coxas rosadas. Uma mulher esplêndida, se convenceu. Ele era como o pescador olhando o único marlim do dia brilhar contra o sol. Andou. Mulher é mulher. Não estava interessado em acertar o coração da moça nem deixaria ela mirar o seu, era tudo o quanto se pode esperar do mundo neutro da Lutécia, não precisaria discutir nada com ela.

Eles subiam até o quarto 10, mas ela o ultrapassou nos degraus da escada saltitando de dois em dois, avançando pelo corredor do primeiro andar, tirando do pescoço o lenço com estampas píton e acenando para ele abrir a porta e entrar. Aquilo a fez parecer uma pessoa feliz. Jeroni sorriu.

Judite continuou dançando contra a luz que explode nos blocos roxos e verdes e laranjas do vitral.

"É só um homem velho", ela sorriu. "Não importa", resolveu, "Sei como agem: são lentos, conversam demais, fazem valer cada centavo."

Os músculos das faces de Judite brilhavam. O dorso do nariz, as bochechas, a testa alva, os cabelos sem fim sobre os ombros. Seus olhinhos se concentraram no peito largo. Enfiou a mão no casaco de Jeroni e sentiu o volume da carteira no bolso da camisa de seda, no coração da aconchegante echarpe de voile, bordada com fios dourados. Judite sorriu malícias. Com a outra mão, agarrou-se ao pau por cima da calça e o levou para dentro do quarto.

"Calma, nenê."

"O que faremos com as horas é com o senhor", ela respondeu, retirando o bracelete dourado do antebraço e o deixando sobre a mesinha.

Jeroni estava sentado. Vivera tantas vezes uma cena dessas, no entanto agora o coração saltava como se crianças brincassem num parque. Ela soltou os cabelos e os cachos loiros cobriram-na até a cintura. Desejos de pintá-la e possuí-la se misturaram. Ele andou dois passos de gigante em sua direção.

"Calma aí, papaizinho", ela disse.

E entrou na toalete encardida, onde a banheira, da Grande Guerra, aguardava o fim dos tempos.

De novo, céu e inferno se invadiram.

Durante meia hora, Jeroni sentiu a pele gelar, enquanto rendia a Judite o corpo sem fluidos. A boca amargava. Precisou respirar fundo e se apoiar nos joelhos para encontrar a saída. O coração queimava. A cabeça ardia. A vida empurrava nele todos os anos de um só golpe. As mãos do destino podem se mover para qualquer direção e em qualquer velocidade e tudo se desmanchar. Desmanchava.

A pequena Judite tinha o corpo no lugar da alma e afastou o peito de Jeroni com a ponta dos indicadores. Lá dentro ele estava mais gelado do que lá fora. No entanto, ele fingia não assimilar nada. Deixava a sensação passar, voltar de onde veio.

Ele virou o rosto.

"O que há?", ela perguntou.

"Não sei."

Ela escapou do *clinch* e rolou de lado.

Ele escorregou flácido, o travesseiro dobrado em rolo sob a nuca.

"Sei lá, um pensamento me tomou, sem mais nem menos. Fui esmagado por ele."

"Um pensamento?", quis saber Judite, consertando a boquinha no espelhinho. "Este pensamento lhe custou vinte cedulazinhas dessas, bobão", deve ter pensado.

"Talvez seja o que chamam de gravidade. Não sei. Algo me esmagou."

— Ah, eu falei: tem o dia do boxeador e o dia da lona.

— Engano seu. Há mais do que golpes na vida. Há a dança do *boxeur*.

Ainda vermelho

Lembra-se de quando morou em casa alugada, as serpentinas se espalhando no interior do assoalho e sibilando a noite inteira jatos de palavras incompreensíveis. O aluguel era mais barato porque a casa estava em reforma. O senhor Mateus passava o dia ali, consertando canos, puxando assunto, conversando, levantando muretas, ou talvez se ocupasse ali por não acreditar como o inquilino pagaria o aluguel no fim do mês.

"O novo inquilino é algum tipo de aposentado, passa o dia pintando", falou o senhor Mateus à senhora Mateus. O endereço do inquilino Fernanflor parecia bom lugar de começar a reforma do mundo. Entrava no local sem avisos e, muitas vezes, teve de correr nu até o quarto, pois o consertador já estava de sala adentro. Ele e seus por acasos, nem perguntas nem afirmações.

A casa era espaçosa, com jardim à frente, uma pequena cerca de arbustos adiante, o pé-direito alto e espaço onde pintar as novas encomendas.

No começo, se amargurava com as lembranças de Bressol e de Arroyo. Não gostaria de voltar a pensar nelas, nem pintar os picos brancos contra o céu. Essas imagens movediças não tardaram a se dissipar.

★★★

E o tempo passou.

Os anos se passaram.

O que mudou no mesmo Jeroni?

Já havia terminado *O soldado inválido da Casa Louca* naquele verão, depois de tantas ocupações. Estavam já assinados os vinte quadros do *Guerra de ninguém* e o retábulo *Minha doce morte alheia*, onde gravou sua memória de trens, artistas de circo, bailarinas no ar, e um contraditório teatro de sombras fauvista. *O brinquedo do gigante* era copiado por fotógrafos e se vulgarizou tanto que não valia mais a pena exibi-lo em catálogos. Contra o mundo da multiplicação pela fama e pela indústria, trabalhava sem parar.

Marlys, Pontys, Melinas, Sulamitas, torsos de mulheres nas cenas cotidianas, e elas outra vez nos cabarés de Arroyo e da Lutécia, lindos corpos sob véus ou sutiãs com orifícios justo nos mamilos, as calcinhas rendadas faziam os marmanjos se lembrarem de menininhas, das priminhas, das irmãzinhas, os casais se comendo nas alcovas das shungas, onde as moçoilas estão sempre gesto e meio à frente deles.

— Elas põem, comem, encaixam, decidem.
— Um pouco como hoje, sempre.

Pintou nesse tempo garotas que se tornariam atrizes depois dos seus retratos por Jeroni. Madames insaciáveis por tinta gastavam tubos posando para todos os pintores da época, mas encontrando nele bons alívios aos calores da menopausa e nele também o fim da voracidade, até se recolherem à beneficência cristã e caridosa da velhice. Rainhas donas de orgasmos poderosíssimos, que gozavam no simples ato de posar para ele, tocadas somente pela luz, sonhando-se menos vulgares nos terraços de janelas escancaradas de Mônaco ou de Londres (ah, a nudez das rainhas tem tudo de infantil e ridículo, se se quer saber).

Pintou visões noturnas, poluções, miragens postas a cabo enquanto uma das mãos se ocupa em realizar o sonho, ou bocas lambem e engolem enquanto ele assina. O pincel estava a serviço delas.

Helena Rubinstein entrou no *studio* e trouxe consigo a modelo. "Minha nova maquiagem muda o rosto e o estado de espírito", disse. "Mira, Jeroni: esta menina Victoria acaba de perder o pai, ou terá sido o irmão, mas mira: tem a maquiagem da alegria."

Sua pintura é o novo idioma. Ela convence a todos os olhos. Nisto está o núcleo do seu poder: não ser só um pintor.

— Os peitões das madames gostosas, ainda fogosas, os peitinhos das moças, mulheres nuas, vadiando, quer dizer.

— Também, mas retratos, retratos e retratos. Não existia na Lutécia quem não quisesse posar no seu reservado. Estavam enfeitiçados por ele.

— Isso me lembra os boxeadores. Caem. As modelos. Despencam.

— Não no caso de Fernanflor. A beleza em Fernanflor é artigo imperecível.

— A vaidade.

— Psiuuu. Silêncio.

Poses, falsidade, interesse: o mundo em torno da pintura é uma farsa.

Enquanto alguns tentavam pintar o mundo como sonham seus retratados, ele desenvolveu talento no sentido oposto. Embora sem interesse por explicar nada, falou ao principal jornal de Lutécia certa vez:

— *O senhor pode nos dizer se usa uma técnica especial ao pintar seus retratos?*

— Peço que o modelo não tente representar quem ele pensa ser: isso dirá sobre como ele vê o mundo. Assim dou forma e cor ao que de fato ele é.

— *O senhor fala da existência autêntica, do "estar-no-mundo"?*

— Não complique. O mundo já está. É preciso o Outro. A contemplação vem do Outro. É necessário ócio para contemplar o Outro. Seres humanos são vistos por seres humanos e se voltam a eles próprios a partir do olhar do outro. Um rosto é um espelho.

— *Esse é o motivo de reis, rainhas, atrizes sonharem serem pintados pelo senhor?*

— Talvez porque vou lá e ponho a pessoa no seu lugar, onde sempre esteve, e lhe dou consciência desconhecida até então. Este é o meu talento.

— *O sonho majestoso do domínio sobre si mesmo?*

— Quanto a isso o senhor talvez devesse entrevistar um médico ou psicólogo, não um pintor como eu.

— *Por falar nisso, é verdade que o senhor está pintando o retrato do doutor Sigmund Freud?*

— Não. Não me interessei pela encomenda. Repassei.

Amarelo

O semáforo estaciona em qual tempo?

Qual máscara veste? Toma qual vapor de haxixe?

A qual lugar as lembranças o levarão, agora, o passo em falso?

Ele espera.

Vermelho-Amarelo-Verde.

Está de pé sob os vapores dessa floresta tricéfala.

O luxo, a ilusão e a glória.

A loba, a leoa e a tigresa têm o mesmo nome, de mulher: Salomé.

O mundo ficou menor quando o planeta conheceu sua *Salomé*.

Na Lutécia, cento e setenta mil rostos viram a cabeça de Yokanaan.

Em Arroyo, duzentas mil almas contemplaram cabisbaixas a cabeça do João Batista.

Vermelho, ainda

Agora, depois de todos esses anos, bebendo champanhe com diamantes no interior de taças, dormindo em quartos de hotel onde transnoitam ainda hoje os últimos soberanos da Terra, a opulência das mulheres, onde até reis encolheram, tálamos onde o próprio Napoleão fracassou, pousava a figura de Jeroni Fernanflor.

Contudo, estava cansado de ideias confortantes, da confiança de certas convicções interiores que informassem quem ele era, de fato. Descobrira que não há nenhuma ordenação na raiz das coisas do mundo, nem chaves capazes de desvelar nenhum mistério.

Todos ficaram lá atrás.

Seus sentimentos são o futuro. Acostumou-se à ideia de que o passado é uma prisão sem sentido, e sua vaidade olhava agora com desprezo uma lua das milhares de luas que ele vê no céu da Lutécia, os dias e as noites, os verões todos previsíveis, soldados de guerras vencidas.

"A cidade é uma pérola morta. O arco curvando sua espinha dorsal em vão na Terra. A torre invisível."

Irã, Roma, Marrocos. Ateliê em muitos lugares, na Riviera, em Constantinopla, no Peru, seus braços se esticariam sobre o mundo e o mundo agradeceria.

No Egito, foi convidado do conde-mecenas. Depois de penar três noites perdido no deserto e sair disso com conclusões definitivas sobre o turismo, passou a considerar as viagens perda de tempo, preferia as fotografias aos lugares. Uma época onde artistas começavam a dar opinião sobre as massas e os planetas, e Jeroni preferia o mundo dentro das telas. Não conseguia se imaginar pensando em nada senão em retratos e retratos. Pintava. O mundo estava se acabando e ele continuava pintando retratos, e não queria mandar nenhuma mensagem. Retratos e retratos e retratos.

— Ai, o reino das opiniões. Todos têm várias sobre tudo.

— Mas não há fugir, não se engane: quem não se engaja já está engajado.

— Tolice: ele é artista de verdade, nunca se esqueça.

A Lutécia se deixa vencer fácil pelo novo. É a terra dos acumuladores.

Pensava nisso enquanto caminhava, quando viu a fachada da loja de penhores, com seus três globos brilhantes, a grande loja ao lado da igreja. Metade da Lutécia conhece o endereço.

Ele parou e observou. Conseguiu distinguir entre as mulheres saindo dali, acabrunhada, a senhora Kurt, o leque na mão enluvada, buscando as brechas mais escuras de sombras das marquises, a esposa do pintor Joseph. Há dez anos seus quadros eram mania nas mansões e sua presença imprescindível nas festas.

Ela voltava à casa com a prataria doméstica e o rosto de zinabre. Não aceitaram o faqueiro e, ao se tomar por suas roupas tão rudes, terá sido sorte não a encurralarem no canto da loja e chamarem os cães para ela se explicar quanto aos brasões nos talheres. Joseph Kurt caíra no gosto popular e a burguesia queria consumir arte feito religião, mas depois eles cospem todos de volta.

"Tudo na Lutécia definha, um dia", pensava, atravessando as cintilações da chuva. As luzes nas pontes formam velhos colares opacos.

A visão da pobre mulher depenando a sala de jantar para manter o resto da dignidade com as contas do padeiro e o leiteiro, era o suficiente: iria aceitar o convite do marchand, e mudar-se; da lama esperava poder nadar até em cima e respirar.

Foi quando o sinal se abriu.

Verde

Ele estava cada vez mais obcecado pelos retratos. Ao artista de verdade não interessa a coisa, mas a vida da coisa.

A vida era feita disto: da vida alheia, a dos modelos, atrizes, dos maiores megalomaníacos do mundo; era preciso saber dos seus pensamentos durante o jantar ou o quanto escondiam de si enquanto transavam ou rezavam.

O aroma vem dos seiscentos e vinte e oito edifícios de luxo, das alamedas, dos cinemas brilhosos folheados a ouro, são trinta e seis boutiques, fora aquela com o rosto da rainha. A Lutécia e os números seguiram por um lado, ele por outro.

E lá se foi, o meteoro, aonde se ergue a vaidade superior.

H.

ERA O REINO DA METONÍMIA. Lá onde, na lápide, se leem os créditos, as letras de ouro: Rodolfo Valentino. Mesmo as pedras escondem o desejo de terem desejos.

Retirada a laje, a areia volta ao bojo das pás. Milhões de pétalas são lançadas para cima e, outra vez, se pode ver o vidro limpo. Os cordames grossos, de algodão puro, se enfiam na terra e içam o diamante. Sentimos o cheiro das rosas, mas é a respiração da terra ruminando o odor da erva molhada. Por um segundo crê que o diamante levita, depois as mãos o carregam até o suntuoso catafalco.

Na câmara ardente, não há mais espaço para mais rosas nem palmas.

Os cisnes deslizam no lago em frente à cripta e são as únicas criaturas às quais amanhã e ontem não são dias tão contraditórios. Desnadam.

As pessoas seguem ao lado, voltam pelas alamedas do cemitério de H., a maioria silenciosa. Quando, por ventura, falam algo, as vozes estão transformadas em sons de pedregulhos caindo e, a menos que falassem por palíndromos, não se pode reconhecer essa língua dolorosa, bem parecida à das árvores.

À cabeceira, no terno escuro, italiano, está Jeroni Fernanflor. Valentino está coberto no terno negro, com o mesmo corte, e a camisa branca de seda avança até a gravata do ator, enquanto Jeroni tem soltos os botões da gola, os sapatos de bicos quadrados, combinando com a tarde angulosa.

Caminham juntos, a chuva chove para cima até o cume das nuvens. Daí a pouco desaparecerá a umidade das roupas e desaparecerão os pingos nas lentes dos óculos.

"siamed orucse ocuop mu átse", murmurou Jeroni.

Mesmo assim, vê o brilho da joia carregada pelo carrinho quando chegou ao portão e podia considerar pintar outro retrato de Rodolfo.

Observa as lágrimas subirem das faces das mulheres e serem sugadas de volta ao fundo dos olhos.

Surgiram homens com fardas de gala, de maîtres limpíssimos. Fernanflor parou de contemplar o céu escuro e pensava se, em algum lugar, por força mais poderosa que a vida, essas lembranças poderiam ser evocadas, a qualquer hora e por qualquer razão.

As luvas brancas devolveram a relíquia ao interior do Ford negro. Um dos rapazes chorava com discrição e Jeroni não achou demais sua semelhança com o galã. Todos eram o morto naquela hora. Todos naquela hora eram o morto daquele tempo.

Notou o som do disparo, depois o clarão do flash e, em seguida, o fotógrafo voltou até ao miolo da multidão.

Fecharam a porta traseira do automóvel. O motorista caminhou até o volante, e o carro retornou à estação, seguindo cem automóveis de luxo, de luto, demais. "O tempo é uma ilusão", pensou.

— A ilusão é que é um tempo.

— Não é o tempo o mais importante, ora?

— O que se fez com ele. Você não me alcança: os seus pensamentos são superficiais.

TINHA AS MÃOS SUADAS. Enquanto o carro se movia, lembrava de quando pintou o primeiro retrato do amigo. Bajuladores de toda sorte o criticaram porque pintara Valentino sendo devorado por mulheres.

Valentino sorriu quando viu o trabalho terminado. Devorara o quadro e o quadro devorara Valentino.

"Só você me entende, Jerry."

Manteve o retrato na parede da sala de armas da mansão. Quando viajava por longas temporadas na Índia, por exemplo, Rodolfo pedia que levassem o quadro até ele.

"Só essa imagem pode afastar de mim minhas sensações mais tristes, meu amigo. Me pego sorrindo para mim, e rio quando o instinto me faz cumprimentar-me: 'Bom-dia, Rodolfo', quando passo pela sala. Essa imagem me dá toda alegria de que preciso", Valentino explicava.

A MAIORIA DOS PINTORES, QUANDO chegava ali, passava anos pintando celebridades de graça, frequentando salões, onde todos vêm e vão a falar de literatura e política e gastronomia, pisando em ovos, para não alcançar o noticiário pela porta errada.

Jeroni Fernanflor chegou ali com todos os prestígios das grandes cidades.

As almas de Pola Negri, Sylvia Ashley e Gloria Swanson, sobretudo Gloria, tinham certeza de serem outras depois do pincel de Fernanflor.

Era de novo o mundico das gentilezas, das mesuras, onde tudo se conduzia com muito cuidado e as taças delicadas da vaidade, se quebradas, poderiam libertar todas as peçonhas, e ele já havia tomado boa dose da sua.

Mesmo evocando péssimas lembranças, Jeroni inventara conceito pouco original, mas defensável: "Todo retrato é um retrato falado — ou uma imagem que fala."

Quando o retrato dizia coisas desse tipo, o trabalho se concluía.

★★★

Quando recebeu o bilhete de Rodolfo para visitá-lo nos estúdios, poderia muito bem ter mandado outro de volta convidando-o a um drinque no próprio ateliê: seria natural e não soaria arrogante. Além disso, havia dezenas de retratos esperando, do xá da Pérsia, de sheiks de verdade, de atrizes e escritores, toda a aristocracia de várias partes, quilômetros de paredes das imensas mansões de qualquer lugar para cobrir com a pele da vaidade humana.

Mesmo assim, a voz lhe dizia:

"Vá."

E foi.

— Sei qual era a voz: a humildade é a melhor arma da vaidade.

— Ora, fique sabendo: há vozes superiores no homem.

— Sim: o dinheiro.

— O espírito.

— Tudo é corpo.

— A beleza.

— Tudo é *réclame*.

— Ah, quanto amargor. Quanta inveja. Deixe-me em paz.

— Os animais desconhecem a inveja, os homens a sinceridade.

O FOTÓGRAFO AGIU OUTRA VEZ. Um mundo "photogenico". Olhava com distração o obturador enquanto o fotógrafo. Quanto mais o mecanismo precisaria aprisionar do próprio tempo, e quais acontecimentos se desfazem por trás da cortina?

Fotografias são mundos mortos. Pinturas são galáxias reduzidas à poeira. Nada conduzia o pensamento senão à rotura de mundos decadentes seguindo no mesmo trem. Ou, se olhasse pelo outro lado da janela, de dentro da escuridão da caixa, da câmara, da face, contemplasse o diamante no vagão vizinho perturbando a luz do sol, o corpo ainda reluzente de Valentino, entenderá ser o mesmo destino. Não importa se morteiro assobiando sobre suas cabeças, ou pensamento risível de eternidade numa foto, se nos campos de combate das guerras ou solitários nos casarões ou estúdios. A morte precoce e já antiga e atrasada é a mesma dama imperturbável, talvez seja ela com o dedo pousado no botão do disparador agora. Quanto menos precisará ela? Ele podia senti-la no gosto salgado da prata da fotografia.

O empresário falou algo e ele concordou ao modo do boxeador aos treinadores, nos ringues, sem entender as palavras do homem e nem sequer as suas próprias palavras. Há momentos nos quais elas seguem, independentes do falante e do ouvinte, "Ninguém mais dá importância ao que as outras pessoas falam", dizia a seus próprios pensamentos, "estão todas falando de Michelangelo, sem ouvir a música modal, silenciosa, em tudo, na vibração do trem sobre os vales, estão bem entretidos pelo ritmo da moda", "mas a moda também é o sustento do amor, Jeroni", disse a voz dentro dele. "É", ele concordou, revendo paisagens cada minuto mais claras, certo de o mundo fazer rica caminhada à origem de tudo.

De vez em quando, sorria sozinho, por nada, ou por algo ininteligível no burburinho do casal de atores com o diretor de comerciais, seu filho mais violento que rebelde, na ponta da mesa: os quatro fumando cigarros que se restituem sempre e voltam às cigarreiras. Mas o pensamento não estava ali. As lembranças andavam em outro trem. Somos capazes de ajustar os olhos a tempo?

★★★

Valentino lhe fazia lembrar os dias luminosos e sem forma — a virada do século ainda empurra cômodas contra a porta e dali nada passa, ou é no máximo assim que ele pode descrever os sentimentos agora, eles se derretem na memória, sem perder o fragor, são doces impossíveis de se alcançar sem quebrar o pote.

O amigo seguia como arma dormindo no coldre. O vagão era refrigerado, com as paredes cobertas com fina seda chinesa. Quando a composição fazia curvas mais fechadas, era possível se ver a ponta do diamante se destacar pela porta de passagem em ângulos agudos, de cristais, ou estrelas de pontas quebradas. O serviço de bar continuava funcionando bem, eram cento e cinquenta convidados comendo e bebendo, fumando, falando, tagarelando, ele e o amigo, os únicos a contribuírem de verdade para a arte do silêncio.

Ele se lembra de ter despertado de um sono trabalhado por ourives. Não viu as garrafas de uísque se encherem outra após uma, nem a dor se repetir no espelho das bebidas, durante outra manhã e depois outra madrugada e uma noite, até chegarem.

UM ANO ANTES, quando os Müller ofereceram aquele banquete, falavam justo dele, de Rodolfo, enquanto ele vencia a vigilância, nem tão atenta assim, dos anfitriões e transava com a filha do casal no quarto com várias coleções de bonecas, susies todas bem penteadas, os cabelos muitos metros além das pernas magras rosqueadas ao tronco, espalhadas por ali, plateia morta.

"Você leu de forma correta, no retrato, caro Jerry", dizia, "elas terminarão por devorá-lo."

— Salomés.
— Sim, sim, Salomés.

"Dia desses, vão acabar com ele."

E Charlie continuava:

"Não poderá haver ninguém mais amado por essas bonecas. Nem alguém mais traído".

"A questão de Valentino é não suportar a solidão, Charlie. E o preço é muito alto a se pagar por isso".

Charlie era avesso aos discursos. Sabia, porém, extrair de qualquer coisa dita algo de bom. E na mesma proporção, o contrário, também.

"Ora, a solidão é desperdício de possibilidades e experiências." Charlie faria qualquer narrativa andar a seu favor. "Nosso amigo está certo", disse, a voz dublada.

"NOSSO AMIGO ESTÁ MORTO", ELE DIRIA o já dito, na catedral e, só por conta do mistério do tempo, agora, as palavras certo e morto podem se conectar tão perfeitamente feito um vagão a outro de um trem.

— Droga, às vezes a vida é curta como um único dia.

— Entendo isso.

— E, no entanto, esse desejo ardente de se prolongar. A eternidade.

— De um dia.

— E se vivem as horas, os anos, séculos até, mas tudo se resume a um dia.

— Planeta, planta, homem ou inseto. Tudo vai. Nada volta.

O TREM RETORNOU À ESTAÇÃO e já ali era difícil se mover. A multidão estava em todos os lugares e foi preciso a polícia isolar muitas áreas, pois mesmo o aço a multidão vence.

As luvas negras devolveram o diamante ao interior do Ford branco.

Jeroni deixou-se levar para trás e, enquanto andava, e o mundo de fora se alargava: a estação, a multidão, o sol, enquanto se estreitava a visão dentro da cabine, o rosto de pedra, a garganta seca, e descobrira que as horas, assim ao revés, são igualmente implacáveis. Apesar de manter a pele ainda rija sobre os músculos, a mesma impressão de antes, em Bressol, quando o tempo não o atingia, quando era o eterno rapaz — esse sonho paupérrimo dos boêmios —, ele se sentia traído.

— Memória e sonho.
— Os dois têm os pés enterrados no tempo morto.

O CARRO SEGUIU A MARCHA, SE ENFIANDO de volta na cidade, furando o arco-íris de verão. Foi o 23 de agosto mais triste. Há exatos dois anos, nem dia a mais nem dia a menos, terminara o retrato. Os tabloides daquele dia vendiam que a Terra alcançara o ponto máximo de aproximação de Marte. Planetas fascinados um pelo outro, estrelas fascinadas por estrelas.

"Ninguém entende os corpos estelares", respondeu ao amigo mudo, enquanto ele devorava o tempo devorava a Metonímia ou era devorado boca a boca por elas devoradas por ele o retrato os deuses o crepúsculo.

Somos capazes de ajustar dessa vez o foco a tempo?

★★★

Agora, está lá, a Joia. Jeroni se lembrou do possante relógio do casarão da rua do Florim, acharoado a verde escuro e decorado com *chinoiseries*, europeus, folheados a ouro, tudo com a máxima garantia, da caixa à máquina; primo-rico dos atuais, decadentes, nas salas suburbanas.

"SÓ A EXISTÊNCIA
não se partilha",
estava escrito em duas linhas no piso do vagão, ele somente leu, e o rosto voltou àquela expressão serena que ensaiara durante a tarde. Foi tanto assim que a cabeça se quedou para trás. "Como traduzir em imagens os mundos desse mundo interior?" Acreditou estar dormindo para sonhar consigo descendo do trem, entrando no hotel e recebendo a garota, seu jantar.

"Não é um luxo de verdade para qualquer garota estar aqui comigo, querida?"

"AH, ENTÃO É ASSIM?", PERGUNTOU jeroni, sem se mover, como se naquele momento estivesse pintando-se a si mesmo se pintando. "E até onde você iria nisso?"

"Nisso o quê?"

"De ser famosa, Vanita. Falamos disso, não?"

Ele pensava com qual intensidade só mulheres excepcionais conseguem entender quando nele fala o bem-humorado ou o trágico. Continuava a agradá-las justo no ponto onde mais as desagradava. Durante aqueles anos, contava nos dedos as noites nas quais não tivesse à disposição a pele de uma mulher para repousar a mão durante o sono, e boa parte do vazio da vida havia preenchido com elas. Têm duração folhetinesca, pensava, sobrevoando as notícias. São novelas de se ler uma vez só. Vanita já era o ontem.

Não voltasse, as duas lágrimas de diamante cheirando a água-de-colônia ou L'Interdit ou a gotículas de outro sonífero.

Não no Prado, não no Louvre, o mundo está cheio de Salomés.

★★★

Pela primeira vez, em muitos anos, pensou em Cristina de Fernanflor carregada por cisnes, na ilha; no avô, a pera sobre a mesa e a luz explodindo sobre ele outra vez. Estava sozinho como nesses sonhos sobre si mesmo onde não há esperanças. As vidas em torno dele caminhavam para o mesmo asilo, a noite com os óleos da melancolia, sem sinais, sem estrelas, purificada ou petrificada pela indiferença.

"Jeroni",

pareceu ouvir as vozes, os apitos, as mulheres berrarem na confeitaria, ou quando o vidro líquido do *coiffeur* transluziu a legião devoradora, sem rostos, sem olhos, já sem cabelos, sem bocas, sem narizes.

Jeroni respirou com a volúpia que acompanha o aborrecimento, quando entrou no trem.

De repente, nos túneis, o silêncio. Sem medo, sem apetites, sem necessidades.

"Nada a fazer. Não sou de nenhum desses lugares."

— As solidões superiores.

— Solidão? Alguém sabe o que isso realmente significa? É algo incompreensível para o mundo viciado em comboios e compartilhamentos.

Podia, como todos, acreditar no instante, nas luzes verdamarelavermelhas? Jeroni Fernanflor freou o passo e naquela hora a cidade-múndi atingiu nova velocidade e o ignorou e passou por cima ou através dele e o despedaçou. Acreditou na dança louca e instantânea, como eles? Cada segundo empurrava o futuro para o futuro, por isso eles se vingavam do instante o tempo todo, mas não gozavam a vida.

Por isso, correu. Quantos anos. Quantos anos. Estava comovido pela tempestade de sentimentos que o atingiu junto à estação, espécie de doença que ele afastou como pôde. Sentia-se disposto a considerar nova contagem dos dias, viver a vida nova, talvez para todos, mas só há aquela, que carrega enquanto corre pelo relvado azul do futuro.

Futuro? "Há de agarrá-lo, comprá-lo, Jeroni", repetiu, sem dizer nada, o futuro dionisíaco, a orgia e os prazeres, a estranha vibração de um mundo para todos, onde tudo pode se converter em números, eles são a vida. "Não sou igual aos operários do parque formigando os domingos, no auge da tarde e lotando os trens nos outros dias."

A nova estação se parece com frasqueira cuja alça desapareceu. O local era só um grande charco antes. Depois de falir a fábrica de calçados, montaram ali o escritório de alistamento, depois as seções dos mil cartórios emitindo sem parar listas com nomes da gente desparecida. Milhões de fotos cobriam as paredes para formar um único rosto: das guerras, talvez do novo mundo.

À altura da abotoadura ergueram o portal moderno, arqueado como uma boca triste.

Nos canteiros, crianças atiram pedras contra árvores podadas para parecerem carneiros, bois, gatos, noés ou noéis, homens, de onde não caem frutos. O líder desafia a tropa a acertarem seixos entre os olhos do coelho, mas ali não há olhos que ele veja, nem coelhos, acha. Também acha tolice diminuir a marcha por isso, é quando a bocarra o engole e o impregna do gosto do futuro: ferrugem.

Desceu do trem e andou calmamente pelas ruas até a casa sob a chuva lilás, como se caminhasse rumo a um dia ensolarado ou em direção ao próprio sol.

Tomou a sopa em alguns daqueles restaurantes ao lado da biblioteca, fino endereço da Bedford com Roege, olhando as atrizes de rua trabalharem, mas poucos carros param, por conta do temporal.

Jeroni pensava ainda nos números, na contagem, na vida.

Onde está o tempo quando só vemos esses luzidios e fuscos instantes?

À noite desenhou, mas com enfado. Testas, cílios, dentes, faces, mas também nádegas e músculos... olhos imensos sob axilas lacrimejavam pregados em coxas, narizes no lugar de vaginas; bocas, pênis; nucas, cabeças, torsos impossíveis, tentava expressar sua paixão entregue à claridade frouxa da madrugada, a mão no ar.

A ILHA

ERA UM CÍRCULO DE FOGO ao lado de um imenso peixe, no antigo mapa-múndi, a ilha sem-fim e sem-começo. Tudo ali estava a ponto de se evaporar sem avisos, sem estrondos, sugado na viagem sem volta para o silêncio.

O mar da Ilha Redonda quebra no paredão e inunda o soalho do carro. O *sidecar* faz a curva numa roda só em direção ao centro. Segue ao longo do casario, as colunas atravessando os pavimentos, as abobadilhas coroadas por sanefas e anjos de quem o branco encardiu e só as asas douradas e os olhos pepitas resistem: trinta e seis até o restaurante. Fachadas tremulam de lençóis e sutiãs nus, presos por nós dóceis que o vento engendra; se parecem a lugares cujos os verdadeiros proprietários desistiram. Duzentos e sete ladrilhos no piso até o copo de leite e pão com presunto onde três moedas sobre o vidro do balcão tintinabulam. Os automóveis com as cores da inveja e do ciúme, acrílicos, circulam, resistentes à ferrugem todavia.

São oito colunas até o largo onde o ciclista atravessa a vida sem olhar, e ele ou Jeroni podem ser qualquer um dos que mendigam com dignidade, em ternos seis homens pedem, a bunda listrada salta da mulher agachada do batente à porta da igreja ou armazém de estivas&cereais, as putas de azul são zebras também, ocupam toda a faixa do dia junto a operários da imensa fábrica e sua metafísica interior; duas crianças abraçadas choram a morte do cavalo; até chegarem as moscas ou os fiscais elas choram, depois irão embora crescer noutro lugar.

A sombra do prédio cuspiu o vira-lata o cheiro de querosene o retrato do herói os rapazes vendendo bugigangas, a ilha falsa presa ao poste falso vidros de perfumes contrabandeados muito arroz para pouco frango nas cantinas clandestinas lembrando Bressol, então Jeroni entra à direita para receber outra cidade, esta iluminada pelos navios os mais presunçosos, que escondem do sol a silhueta de um mundo que já não há, se isso servir para ilustrar um passeio pela ilha.

★★★

FERNANFLOR SE SENTIA envolvido ardentemente por realidades cada vez mais intensas. Era igual ao que sentia nos quartos por onde passou, onde mulheres nuas queriam lhe contar todas as histórias verdadeiras e se apoderarem dele com suas armadilhas sutis. Era fato: havia engolido a todos, e todos estavam lá, dentro dele, agora.

Guardara o suficiente para viver ali o restante dos dias. Pela primeira vez, na ilha redonda, ele se sentia em brasa, esperançoso de ser a ilha o que a intuição pressupunha: um lugar sem tristeza, dificuldade ou degradação.

Os habitantes eram *sapeurs* alegres e elegantes, para quem se vestir bem faz parte do alimento da alma e a vaidade tem o tamanho correto do sapato. Eram os reis dos Westons. Quando andam, os saltos estalam nas calçadas fazendo barulho de traques, e o dia fica melhor quando aparecem nos seus ternos amarelos, verde-claros, seus coletes lilases. Ou à noite, quando se encontram nas tertúlias, as bengalas com castões de marfim viciado de amarelo pela nicotina, as unhas protegidas com esmaltes transparentes, intenções ocultas sob bigodes cerrados, as noites-de-prata, as noites-carvão, a Noite nas noites de Todo-Lugar.

Jeroni era desses reis humildes da face da Terra, e ali ele foi adquirindo as cores reais da alma esfriada e envelhecida.

SAÍA ÀS TARDES. FLORESCIAM NO PEITO as medalhas e comendas conferidas por muitos reis de verdade — algumas chegaram pelos correios quando vivia na Lutécia ou Arroyo, com a cera do selo real ainda quente —, vergava os ternos muito finos, os cortes caríssimos, os panamás não menos e, entre os *sapeurs* e os *poseurs*, ia aos passeios, sonhar com jovens cruzando na frente de bondes. Os homens da ilha eram hipérboles cansadas. Jeroni se sentia bem entre eles. Aos domingos, descia até a igreja de São Narciso, a igreja circular, moderna, sem pretensões, da comunidade, e se colocava na fila do lado direito, a fieira da comunhão com os outros homens, vendo as mulheres passarem na outra, cobertas por tules brancos, sob os quais imensas bocas de romãs ou corais do fundo do mar se acendiam. Jeroni era presença de valor nos casamentos e batizados e dava prestígio e sorte a noivos e novos cristãos de pia. Evitava os funerais, por mais adaptações que o corpo seja capaz de providenciar.

No último Natal, o reverendo o convidou para falar algo edificante no púlpito.

"Dom Jeroni pode nos contar sua história, um pouco?"

" ."

Não conseguia falar. Parecia que todos os caminhos o tinham carreado até aquele momento, mas não havia nada a contar àquelas gentes que precisassem ouvir.

Os rostos estavam por toda parte, olhando-o, medindo-o. À distância se podia supô-los gelados, rostos lívidos, enérgicos. A massa de gente se espalhando no interior da nave. Sob a luz tremulante, todos os rostos são o Rosto, pensou. Os rostos estão todos ali. São rostos velhos, jovens, de todas as idades. Não são aqueles jovens pretos brancos amarelos seus mil filhos? Ou vê dali as madames, pedindo:

"Pelo amor de Deus, não nos abandone, interceda a nosso favor junto a Valentino", o amigo mil vezes traído, sobretudo por Charlie, pelo mundo inteiro que não chora por ele. E ele ali deitado na câmara, sob o vidro, quase sem vestes, a coroa de espinhos, sob a imagem da Virgem do Terrível Socorro?

De um jeito ou de outro, todos estão ali. O povaréu cantarolava, e os seus o olhavam firmemente, como deve ser o olhar do Rosto, e lá ao fundo, à porta, se não fossem dois cisnes carregando uma princesa, era a sombra fugidiça de Cristina de Fernanflor.

O padre deixou o silêncio de Jeroni falar e depois o tirou pela mão do altar, e com a outra mão fez a boca do coral se abrir. Ele desceu os degraus com a força que pôde, vítima de estranha conversão.

"Lamento, padre. Não há nada lá dentro."

"Entendo, filho", disse o pároco.

Não esperou o coral vencer o primeiro canto. Antes de a terra se romper, de castigarem os reis da Terra, na terra, e os céus do profeta Isaías se enrolarem, saiu dali.

Soluçava.

★★★

Durante muito tempo, manteve o hábito de deixar três moedas, o equivalente ao preço do café no Ritz, sobre o criado-mudo. E, quando, antes da cidade se recolher, tocavam o sino na Capela de São Borombom, as moedas por encanto sumiam.

Numa noite dessas, enquanto guardava o coração para dormir, sonhou de novo com a pobre alma:

"A vida é sonho."

"Como pode sofrer tanto por algo que só foi talvez?"

Era um vulto magro, de voz anasalada, devorado por barba até o peito, os olhos encarnados, o nariz troncho e o queixo duplo. Algo mais, seria como esses bonecos de ventríloquo rústicos, que se apresentam nas feiras. Durante as noites a criatura povoava seus sonhos com as desditas de certo marquês Jeroni Fernanflor, ministro, bem-sucedido, mas grande moloide, posto na desgraça pelas mulheres e pelo vinho, sensato como personagens tolos de Voltaire; ou algum Jeroni Fernanflor, cirurgião respeitado, ou advogado pego em golpes financeiros geniais, escândalos esquecidos pelos jornais, e nada pior que encerrar a vida sem escândalos memoráveis.

"Um merdéu."

De todo modo, as vidas, possíveis ou impossíveis, serviam a Jeroni para não se lamentar tanto da vida, nem sofrer demasiado por tanto hedonismo ou egoísmo esclarecido.

Era fantasma perseguido por fantasma. E ninguém dá por falta dele nos salões, no continente, lá fora, no mundo.

Quando acordava os dias eram os mesmos. Ele era o mesmo, outro. A grande experiência transcendental era ser ele quem era, entender que fora de si não há nada e essa consciência servir para se distinguir da cal e do carvão.

Há seis meses, os pulmões reclamavam a terra fria de Todo-Lugar.

Até que, certa manhã, ao acordar, viu as moedas brilhando, intocadas, no tampo do criado-mudo.

Admirou-se outra vez ao se ver saindo através do espelho da enfermaria.

Perguntavam se não amara uma mulher sequer, entre tantas. Respondia ter amado todas. Isso simplificava a pergunta, não a resposta. "Não sou nenhum profeta", dizia. "Esses belos crânios nunca serão o meu", recitava Voltaire, agindo como João Batista, que preferiu jogos de outra sedução.

Vivera o ilusão da perfectibilidade e, por outro lado, a certeza de estar sozinho no mundo, construindo seu futuro monstruoso. Ninguém pode manter-se numa jaula o tempo todo, nesse falso autocontrole (isso se aprende sobretudo com a velhice nos empurrando até o banheiro e a toda hora, a ponto de não lembrarmos quantas vezes urinamos durante o dia), nem se pode amar todos, nem ser amado tão intensamente a vida inteira. Tudo seca. Jeroni resolvera não cair jamais na panaceia dos psicólogos: eles não o fariam rastejar até a infância para saber quem era, de fato. Ele era quem era possível ser.

De lá, poucos centímetros à frente do sol translúcido do planalto, vê os balões como *mariñaques* coloridos tentarem pouso, e sorri do sonho já velho de eles voarem. A lua é a única que não desce, e ele fica ali, siderado pela cintilância azul sobre a pradaria, vendo os homenzinhos murcharem as bolhas e desaparecerem na noite definitiva. Antes de toda sua memória ser arrastada pelos redemoinhos e seus sonhos elevarem em muito as águas dos rios, ele fala com o espelho,

"Jeroni",

em algum ponto onde carne e espírito se batem, para se convencer das tolices de tantos balões nesse mundo (e a natureza não conceder duas chances para você nesta vida), ele pensa em

"Jeroni",

na infância na velhice na felicidade no tédio no êxito e nunca no fracasso no amor no medo e no desejo de nenhuma forma na dor nas joias sobre alguma coroa nos amigos no vaivém de pêndulos feitos de chifres marcando um tempo amarelado em torno de tudo no quanto é imprescindível a vida o prato a pera a maçã a mesa posta o vulto a obra do tão tristemente amado Jeroni Fernanflor enquanto o sol se põe e ele pensa e sonha com certo

"Jeroni Fernanflor"

e ninguém mais.

★★★

Lá dentro, Jeroni precisava completar outro desenho, a linha, a cor, a luz a contornar e, à noite, seus pincéis buscavam nos sonhos a forma irrepreensível do rosto de uma mulher. Até que, ontem, sonâmbulo, autômato espiritual dele mesmo, se levantou. Juntou as tintas velhas na bancada, preparou a paleta em silêncio para não se acordar, e pintou. Pela manhã, estava lá, na tela, ornada pelos rodopios de mil sóis, o último toque de luz dado pelo branco puro: Cristina de Fernanflor, a um passo de se acordar com gestos de pássaro e voz imortal: "Venho de entre os mortos. Retorno para tudo vos contar, tudo vos contarei".

DETRÁS DA LÁGRIMA, SURGE o retrato perfeito, que é quando os músculos do rosto já não têm nenhuma intenção e mesmo assim paire ali energia capaz de iluminar e arder por muitos séculos.

Estavam naquele semblante todos os jogos das emoções mais implacáveis, todos os movimentos secretos da alma esguichavam em jatos de luz, ou eram soprados em bolhas, ou dissipados pelos prismas das primeiras luzes do universo, ou carregados por neblina de cristais, ou arrastados por meteoros, ou entorpecidos pelo fumos da noite, não importa, "não importa", ele concordou: eram todos os rostos fundidos no Rosto, queimando, brilhando, levantando-se de sombras azuladas, das nebulosas escuras de poeira e brilhantes de gases, vindo das distâncias quais não sabemos para silenciar todas as vozes. E nisso consistia a vida, para Jeroni: a esperança de pelo menos uma vez ter tocado um rosto inacessível.

Jeroni notou o quanto seus próprios maxilares estiveram tensos nesse tempo todo.

Agora se deixava relaxar. Estava tudo bem.

A noite podia cair outra vez, no mundo inverossímil, esfumado, extravagante.

— De excessos.

— Doente.

Prólogo

*A aprendizagem da aranha
não é para a mosca.*
Henri Michaux

O SALÃO

O ESCORPIÃO DESCANSAVA no caixão no centro da sala. O cubículo media quatro metros de largura por sete de comprimento, o teto baixo, o vapor quente dos ventiladores, e era o Salão Nobre da Ilha Redonda.

Ontem, a essa mesma hora, vereadores se agarravam, onde estão agora o escorpião e o caixão, por zero vírgula quinze por cento a mais de verba. Do beiral do ataúde, o escorpião caminhou até as mãos do morto, andando distraidamente pelo tule de renda sobre o corpo. Do alto, se deixava confundir com a escuridão das manchas da pele, os punhos cianóticos da picada de agulhas.

Camuflado entre as contas do rosário enlaçado aos dedos, contemplava a jardinagem. As flores branqueavam precipícios.

O escorpião, por certo momento, sentiu-se cansado e entediado. Tivesse disposição, andaria até o ouvido do artista célebre que recebera autorização municipal para dormir ali sua última tarde e lhe perguntaria: "Enfim, o que fazemos nesta galé?".

— Tu és um lacrau erudito demais — disse a voz escapando pelos algodões.

— Veja quem fala.

— Não me toque. Suma daqui, deixe-me em paz, insolente.

— Ora, cala-te. Nada podes mais, nada mandas. Se o assunto é vida, sou mais do que tu — disse, molhando os dedões no humo das flores amarelas.

O DONO DA VOZ SE CALOU POR HORA. E o escorpião continuou flanando. Fazia passeios discretos, mas, se pretendia ir ao ombro (estando nos pés), buscava caminhar ora sobre as margaridas ainda úmidas, ora escalando a barriga do morto, e depois voltando para beber na concha dos cravos. No trajeto, podia ver melhor em volta. Os quadros de aviso. Nas paredes, as placas de metal com fisionomias de gestões antigas, a maioria morta, ou esperando a funerária resolver logo essa fatura e deixar o campo limpo até amanhã um deles.

★★★

— Você falou algo?

— Eu disse: apenas homens —, repetiu o escorpião, sem esperar resposta.

— É.

O som se misturou ao ranger de uma porta, e o escorpião continuou, vago.

— Flores e burocracia.

— Por favor, fale mais alto.

— Ah, sim — o escorpião avançou sobre o peito pelo furo do véu e se cobriu entre a velha camisa e a pele — Eu falava de ti. Afinal, digo o que vejo.

— Sim, me diz: o que se vê?

— ... ofícios nos quadros de aviso, carimbos da administração nos papéis, outra pilha em cima da mesa ali atrás...

— Estou lúcido. A burocracia não me atinge mais.

— Será? Em breve te levarão daqui, mas não antes de alguém assinar outro ofício.

— Bem, se não foi a morte limpa, foi a vida que quis.

— Bobagem.

— Por quê?

— Ninguém escolhe nada. A vida vem e atropela todos. É força pesada demais de sustentar.

— Não é assim. Não houve um só dia que não tenha sido ao meu modo. Fiz como bem fiz. Tenha você uma ideia: Rodolfo Valentino cuidou do meu jardim. Pintei princesas, atrizes, pintei rainhas, heróis, gente que em tese você desconhece, cujo grande feito é passear na superfície de tudo e se aproveitar da paralisia de um morto. Cale-se, você.

FIZERAM SILÊNCIO. SE ALGO se movia não pertencia ao expediente dos dois.

— Quando você tiver medo de altura, e dos perigos das ruas; quando florir a amendoeira, o gafanhoto for um peso e o desejo já não se despertar; lá se vai o homem ao lar eterno, e os pranteadores já vagueiam pelas ruas...

— Era só o que me faltava: um lacrau crente.

E o escorpião continuou, olhando a infinitude da sala.

— Princesas. Atrizes. Rainhas. Heróis. E onde estão agora?

— Não interessa. Bebem a vida. Celebram tanto quanto celebrei. Vivem o dia.

— Em vão.

— Você não pode sequer entender a palavra "dia". Está fora de sua compreensão.

— Ai, ai, tu não podes te vangloriar de ter visto mais auroras do que eu. Não há mérito nenhum nisso: pela porta passam tanto o plebeu quanto o príncipe André.

— Ora, você é um chato. Quem vê, assim, já sabe: não tem amigos.

— E tu tens? Onde estão? Não os vejo, não há ninguém aqui.

— Como não? Ouvi choros agora mesmo.

— Ressona e ronca o vigia lá fora. Ninguém mais. Nem mortos choram os mortos.

— Bem, hoje é domingo. Não se consegue avisar à imprensa aos domingos. Se eu morresse amanhã, iria me ver no salão do Congresso, ou pela TV.

— Não creio.

— Pouco me importam suas crenças. Nada me perturba. Tive amigos em todos os lugares: Lutécia, Florença, Bruges e Ghent, Hollywood e Rio, Londres...

— Ah, sim? Ouvi lá fora o quanto penaste nos hospitais. Sem dinheiro. Nas mãos de desconhecidos. Sozinho. Sem visitas.

— Atrevido, você não sabe de nada. Pedi aos médicos isso, e nada mais: *I want to be alone.* "Detesto as prostrações." "Tenham de mim a boa lembrança", disse São Narciso de Jerusalém. Preferi assim.

— A vida vai, a morte vem e a mentira vence os dois.

— Não estou mentindo.

— Estás.

— Saia daqui.

— Quando te darás conta de que esta é a única cena real da tua vida?

— Suma. Desapareça. Deixe-me.

O pedido foi em vão.

O escorpião estava cansado e dormiu. Quando acordou na escuridão, descobriu onde estava.

— Estás aí, amigo?

Nada. Silêncio. Só vapores quentes.

— Estás aí? Dormes?

Repetiu a pergunta algumas vezes.

— Tu estás aí? Estás aí? Aí?

Deve ter dormido de novo.

Quando despertou, notou algo se movendo sobre seu corpo fluorescente. Então viu, com a nitidez dos seus mil olhos.

— Fora. Deixe-nos em paz, Velha.

E não se ouviu mais o bicho.

[finis]

Fernanflor

por GONÇALO M. TAVARES

1.

EM FERNANFLOR, DE SIDNEY ROCHA *tudo é linguagem: alta, baixa, média linguagem. Qualquer palavra pode entrar, não se trata de porta* gravatíssima; *de terno e sapatos brilhantes e pretos e novos; nada disso, a porta não exige traje caro, a página deixa entrar as palavras necessárias, não apenas as palavras ditas importantes.*

No texto, a ironia: "retirou dos escritórios, com a gentileza das balas, irmãos e parentes menos crédulos no seu talento de administrador [...]" *e notáveis páginas-síntese – "É uma bruxa pretensiosa", diz-se de uma cidade.*

Há espaço entre situações, não se trata aqui de uma narrativa ao cronômetro, em que cada minuto é observado e espiado e relatado; intervalo entre acontecimentos, intervalo entre frases — *como se a linguagem e o livro fossem compostos de espaço branco* (não visível) *entre cada frase, espaço que permite ao leitor imaginar, refletir. Não há explicações psicológicas; os acontecimentos acontecem — como lhes está na natureza — e depois avançam. Um acontecimento não é um animal em laboratório, disponível para a experimentação ou dissecação infinita. O acontecimento é tempo e velocidade. Aparece e desaparece. O narrador de Sidney Rocha respeita isso. Que o relato do acontecimento não dure mais do que o acontecimento, eis a devoção, se ela existe, deste relato.*

2.

O LIVRO TRATA DISTO, acima de tudo: do artista que aprende, se torna mestre, adorado, e no seu percurso, mesmo no ponto mais alto, vê e percebe que a grande e rápida e possível queda ali está, sempre, encostada à nuca, ao traseiro, aos calcanhares: viras-te e não vês, dás um salto e corres o mais rápido possível, mas não escapas. A decadência de outro pintor Joseph é o sinal: também tu não escaparás! O ponto final é, por vezes, um ponto, mas ponto-bala em plena testa. Nem sempre, pois, a história acaba bem; por vezes sentimos que seremos infelizes para sempre; e não há nada mais humano que esse destino que espera todas as coisas pesadas que estão em sítio alto.

"Ao menino não faltou nada", Jeroni Fernanflor, o protagonista.

E Fernanflor à conquista da cidade como uma personagem de Balzac que, com mais poesia, olhe de cima para baixo para os outros e até para os prédios altos.

Quanta arrogância necessitas para sentir que o prédio mais alto é mais baixo que tu!

Jeroni, o protagonista, vai mudando mas o essencial permanece: rosto e retrato, arte e o mundo da cidade e dos seus habitantes. Como retratar um rosto humano com traços e tinta, eis o dilema do artista? Como manter a essência do humano com materiais que são de uma outra natureza? Arte e morte, arte e decadência do organismo; eis o amizade e o conflito de sempre.

3.

TUDO É CLARO. As frases dizem o que têm a dizer sem olhar para trás. Nenhuma sombra ou resto aparente. A frase inequívoca e sólida avança.

Como uma extraordinária escritora portuguesa Agustina Bessa-Luís, infelizmente pouco conhecida no Brasil, Sidney Rocha, ou melhor, as suas personagens, olham de cima e comentam, olham de um lado e depois do outro e falam, poetam ou descrevem; o narrador guarda um espaço entre ele e as personagens; não é narrador-excitado; é narrador tranquilo. As personagens não estão sufocadas; não sentem o bafo permanente ou a pressão do narrador.

Sensata distância guardarás sobre as coisas para que as coisas continuem a ser claras.

Frases claras, mas não evidentes. Um exemplo, logo no início: "Ela está eternamente vestida para grandes ocasiões nenhumas". O Eterno cruzado com nada e nenhuma coisa; palavras que apontam para direções extremas e contrárias. E é, portanto, dessa clareza torta, dessa clareza que ilumina aparentemente tudo, mas afinal ilumina apenas uma parte, obrigando o olho do leitor a essa exigência física cavalgante de seguir a luz, é dessa ambígua clareza, então, que nasce o enorme prazer da leitura. O narrador joga gato e rato com o leitor: agora olha para aqui, agora para ali, e é isso o iluminar e a clareza: atiras os olhos do leitor para um lado e o obscuro fica do outro.

Se só olhares para a parte clara pensarás que tudo é claro. Mas não: no mundo e nos livros, na arte, na casa, e em Sidney Rocha e neste fortíssimo livro, o claro-escuro, sempre. E é isso que nos fascina.

Sobre o autor

Sidney Rocha (n.1965), [sidneyrocha1@gmail.com], escreveu *Matriuska* (contos, 2009), *O destino das metáforas* (contos, 2011, Prêmio Jabuti), *Sofia* (romance, 2014) e *Guerra de ninguém* (contos, no prelo), todos publicados pela Iluminuras. *Fernanflor* é o primeiro livro da trilogia *Geronimo*, em andamento.

Este livro foi composto
com as fontes Minion Web e League Gothic,
impresso em papel *off white*, Pólen Bold 90 g/m²,
para a Iluminuras, em setembro de 2015.